木米的田野

木米 著

天津出版传媒集团
百花文艺出版社

图书在版编目（CIP）数据

木米的田野 / 木米著. -- 天津：百花文艺出版社，2024.1
ISBN 978-7-5306-8749-9

Ⅰ. ①木… Ⅱ. ①木… Ⅲ. ①诗集—中国—当代 Ⅳ. ① I227

中国国家版本馆 CIP 数据核字 (2024) 第 039695 号

木米的田野
MUMI DE TIANYE
木 米 著

出 版 人：薛印胜
责任编辑：魏 青 **装帧设计：**优盛文化
出版发行：百花文艺出版社
地址：天津市和平区西康路 35 号 **邮编：**300051
电话传真：+86-22-23332651（发行部）
+86-22-23332656（总编室）
+86-22-23332478（邮购部）
主页：http://www.baihuawenyi.com
印刷：河北万卷印刷有限公司
开本：880 毫米 ×1230 毫米 1/32
字数：185 千字
印张：8.25
版次：2024 年 1 月第 1 版
印次：2024 年 1 月第 1 次印刷
定价：58.00 元

如有印装质量问题，请与河北万卷印刷有限公司联系调换
地址：河北省石家庄市栾城区裕翔街未来科技城165号1区8号楼B座一层
电话：0311-66567747 邮编：051430

序

王彬彬

生活在南京的木米，有着多重身份。她的“自然身份”是一个农人，一个优秀的庄稼人；她的“社会身份”是一名大专院校的教师；她的“文化身份”是一位颇具特色的诗人。

木米生长于新疆伊犁的乡间，这使得她对自然，对土地，对耕种有着无限的热爱。她仿佛是伊犁河边的一棵树，被命运移送到了南京，必须在南京找到扎根的土地。虽然她是一名公职人员，是城市市民，但还是在南京郊外拥有了属于自己的一片土地，她找到了这片可以用来满足自己耕种欲望的土地。

木米或许早已发觉江南比起伊犁在耕作方面的优越之处。在伊犁，整个冬季的土地只能在大雪覆盖下闲置着，而在江南，土地上一年四季都有庄稼在生长。木米在这片土地上种红薯、种玉米、种土豆，种四时果蔬。在这片土地上，木米能够切切实实地享受着田园生活。而木米的诗，大多数是对自然的表现，是对自己所种植的庄稼的颂歌。所以，木米首先是一位现代的田园诗人。

田园诗古已有之。但田园诗人，大多是单纯的田园观赏者，很少有田园里的劳作者。提起田园诗，人们往往会想到陶渊明，但陶渊明出身士族，父祖都做过不算小的官，他本人也是在仕途失意后才归隐田园。“晨兴理荒秽，带月荷锄归”，说明陶渊明归隐田园后，自己也是下地耕作的。而“种豆南山下，草盛豆苗稀”又说明陶渊明的庄稼种得并不好。这不奇怪，陶渊明作为农夫，本就是半路出家，而木米则有着童子功。她在《摁住土地》中写道：

我摁住土地
灌水，喂肥，用耙子
挠它的痒痒

它报我以
热情的莜麦，绿叶，花朵
……

这让我们想到母亲摁住孩子，喂奶喂饭，洗头洗脸。没有切实的种地经验，写不出这样的诗；没有对土地的热爱，也写不出这样的诗。

木米的许多诗，写的是自己种植的庄稼。但又不仅仅是写庄稼，例如《无题》：

番茄戴上纱巾
是未成年该有的防范
风催促一次，夏日就拉长一次约会

让花朵打败花朵
河水倒灌
原谅我对你产生了欲望
别指望爱能克制

多瞧一眼
叠加的魂魄就失落

这既是在写番茄，又不仅仅是在写番茄，有着丰富的言外之意、弦外之音。这样的作品，不仅仅是田园诗，它比单纯的田园诗意蕴更为丰厚，更耐人寻味。

木米对自然景物的描写，也常常有着奇思妙想。例如《石头》：

湖水退却，石头跑出来
掏出内心的潮湿
放在太阳下

那些被水浸湿的故事
第一次变明亮
暖和，没有鱼的干扰

情节纹路清晰
云朵、鸟鸣和人的目光
在周围堆积

石头，用手抓住难得的阳光

塞进身体

这样的诗作，显示诗人有着一颗体察万物的敏锐的诗心。同样奇思妙想的，还有《船》。能在寻常事物身上感觉到诗意，说明诗人时刻有着一个诗性的情感，时刻有着一双诗性的眼睛，时刻有着一份诗性的思维。

潮水退去，一艘船把自己的伤口
指给我看

伤口很深，里面藏有台风、巨浪
藏有呼救和遗留的靓丽
我看见旧日子在其中
逐步结痂
漂亮的桅杆还伫立在湖面上
向天空讨要说法
阳光包裹住斑驳的词句
一些温暖的故事在甲板上
走来走去

我把目光伸进船的伤口中
慢慢测量深度

木米的诗歌作品中不只是写田园，也写自然景物和人间社会，例如那首《无名指》，写的是雨天的村庄，十分有意味。

只有在下雨的时候
村庄里的人们才会停止劳动

这时候，每一间屋子里
都有一个沉默的父亲和母亲
一个突然变得懂事的孩子

雨像拳头那样打在树叶上
一下接着一下

雨天的乡村，人们只能缩在家中。父亲和母亲沉默着，但沉默掩盖的是他们内心的烦躁不安。为什么呢？因为——

这种情形什么时候会结束
没有人知道

即使谷物烂在田地里
即使牛生了病
也要等雨停下来
……

这就解释了为什么在雨天里孩子突然变得懂事，因为父母内心正在烦闷着，正在焦躁着，孩子如果稍有调皮之举，就可能招来父母的责骂。

《木米的田野》中，别致的好诗还有很多，例如《律动》《迁徙》《蝴蝶》等。木米对于自然、生活和情感有着深刻的感悟，以丰富的想象力形成其独特的诗歌风格。

（王彬彬：南京大学博士生导师，文学评论家，江苏省作家协会副主席）

目　录

辑一

1. 雨

只有雨敲打雨
落下来的深夜才能找到梦境

叶尖上滚落
晶晶玉珠

忽有好诗雨中曲
梦醒句子已难寻

2. 小雪

天空寄给大地一封封信笺
雪舞纷纷飞起

大地毫无反应
这有去无回的音信

雪跟影子舞蹈
一场单程的恋情
雪痴情终究化为泪滴

3. 一条小路

一条小路曲曲弯弯又长长
直往寂寞的远方

窗外风一遍又一遍轻扫着落叶

诗歌正用词语
填充我灵魂深处的空寂

拧干过困惑，懊恼，沮丧
打湿再捞起

粘连太多的琐碎
茅草每点一次头

就向世俗认一次输

4. 秋月

秋天有两颗心脏
一颗是月亮
另一颗是月亮的影子

影子拖着长长尾巴
给每一次思念签上名字
如同盛大的对视

沐浴过的月亮
从山腰架起梯子
慢慢爬起

婆娑树林，靠岸的船舶
凉夜来了风
湖光浸染半边红

5. 散落的金币

秋用力拽住冬的衣领不肯撒手
倔强的树木不肯低头
冬没工夫撤换秋天的彩妆
大方撒着金币，嘎嘣脆滚落一地

风弯腰拾起一枚
另一枚又将掉落
不停歇撩起又放下

几只毛虫撬开光阴
跟我攀谈关于凹陷的记忆

那些碎片修饰场景
谁都明白纠结的小心思
仿佛要烧毁半个天际

6. 秋天的荷

荷叶，已缩成
一团皱巴巴的纸

已远离水墨
失水的一个词

轻微地触碰
那个词就碎了

7. 石头

湖水退却，石头跑出来
掏出内心的潮湿
放在太阳下

那些被水浸湿的故事
第一次变明亮
暖和，没有鱼的干扰

情节纹路清晰
云朵、鸟鸣和人的目光
在周围堆积

石头，用手抓住难得的阳光

塞进身体

8. 船

潮水退去，一艘船把自己的伤口
指给我看

伤口很深，里面藏有台风、巨浪
藏有呼救和遗留的靓丽

我看见旧日子在其中
逐步结痂

漂亮的桅杆还伫立在湖面上
向天空讨要说法

阳光包裹住斑驳的词句
一些温暖的故事在甲板上
走来走去

我把目光伸进船的伤口中
慢慢测量深度

9. 空气都是香的

甘愿被圈在田野
跟花草小虫逗趣
拥有和它们相似的生活轨迹

赶路时它们在苞谷叶上钻孔
拆解那些爱而不得的心思
从斑点，透漏些许光束

玉米露出排列整齐的牙齿
无聊时拥抱风伸出双臂

它们一起供养过世间温存的花语
它们收放何其自如

在冒着泡泡的鱼塘里
蚂蚱越过高岗
鸟儿歌声打断鱼儿的叹息

10. 微风

狗尾草挂在风中
也悬在小溪的腰上
天空中挂满白云朵朵
蜻蜓滑翔驶过山冈
南瓜花朵招惹蝴蝶
分享给它火色的愿望

每一阵微风路过
豆角会眨巴起蓝色的眼睛
芝麻头顶一身花束
节节攀升的重负不肯轻易放低

11. 爬山

弯腰捡起几朵云
贴在翠屏山腰间
古代美人的柳叶眉
暗藏玄机

烧成火烈鸟的沙棘
彼此偎依取暖
放下尖利，争吵
我们用脚步丈量
一寸一寸光阴

12. 莲花白

莲花白灌满雨水
刻着碧绿清晰的脉络
放下宽大叶片
层层叠叠收藏内敛紧致
越生长，越羞涩，越平心静气

同样是花瓣
一朵莲花白
沿着轨迹反向逆行
抱紧内心的清白

13. 割韭菜

依偎在韭菜上的青苔
踩踏彼此廉价的拥挤

热闹亲密连根拔起
甚至剪去纠葛攀比的根须

为了活命迫不得已
必须保持距离

没有松软的土壤
怎么呼吸

仿佛分离
的确是
向死而生的
命运

14. 放下

树木就此放下风
风牵着叶子满世界寻找
寻找裂缝，寻找碰撞的激流

奔走相告
不再被禁锢的枝头牵绊
收回山岭　收回雾岚
收回所有的疑虑
被打扫过的天空
重新铺垫云的梦托

先于我抵达的云
荡开一米冬的光亮

15. 温存记忆

请温存一点毕竟我们没有未来
叠加的词重复一遍
不要吝啬言语的温存

下次也许没有下次
再见时你会认不出我来
那些被我们共同抚摸过的树叶
如今早已落光

给予你年华给予你爱
那些经历
早已被沙尘掩埋
忘记我，仿佛忘记那条河

踮起脚够也够不着
生锈的心思早已风干

当你老了垂首暮年
晨钟想起我

那个梦幻般的女子
对你的眷恋
足够一生回忆
默念你的名字
数完一片片树叶

16. 一把叹息的扫帚

发个呆的工夫
叶子就铺满了街道

一把叹息的扫帚
来回清扫

冻僵的清晨
莫名惆怅

我呆坐着
看了一会儿落叶
再看一会儿天空

17. 天寂

不管见识高低
一个人深度收拾内心

为何天空缀满泪水
为何所有草木万籁俱寂
为何湖水里有无数双星星的眼睛

视线之外的
扳弯倒影跌进多少黯然和神伤

18. 冬日景象

冬日拿出保温杯
烫一下冰冷的舌头

风抛撒银杏叶
收起扇面，隐居在何方

灰色的鸟儿，排着长队
彷徨的山斑鸠莫名胆怯

裸露的枯枝在等
天空披上洁白的纱巾

我是烈火也是枯枝
一部分的我消耗了另一部分的我

19. 时间在流逝

十二月空气有些惊慌
许多花下落不明
人世间亲人走散
鸟儿迁徙掠过空中

风通过抽空时间
来证明过分的缜密爬满虫卵
一轮轮过滤，筛查，扭曲，茫然

时间将枯叶浸染金黄
蚂蚁收集树叶过冬
肥硕蠕虫钻探泥土
防空洞备足粮食

时间在流逝
世界越来越荒凉

20. 入侵

风把叶子揉皱
越凉越碎的心滚落

不接受冷风入侵更湿的冷雨
不接受邪恶被更邪恶入侵

我们来回撕扯，来回检讨
比病痛更邪恶的入侵是魍魉残疾
全城疯了似的寻找答案

叶子翻来覆去猜着谜底
架空灵魂的人们彳亍茫然

我们活在高尚的梦中
抗争
不让邪恶被更邪恶入侵

21. 生活从未如此为难

生活从未如此为难
你已记不清上次开怀是哪一天
既然人世间无所适从
蜕变成蝴蝶吧
跟萝卜缨子一起舞蹈
要不蜕变成瓢虫
捕食更弱的蚜仔
穿着花衣服招摇过市
唯有泥土流淌芬芳

平衡世界里时空错位
每天渴望正常
当真松弛人们根本无法隐忍
如果忍受一天，自我感动
接下来就自我厌弃
生活到底谁在为难谁

22. 请别招惹过去

金光闪闪的沙子待在锅下
跟火较量参与米的誓言
磕碰在所难免的牙齿
比沙漠更远的风吹入鼻孔
荒凉戈壁玛瑙逃离

我母亲失踪的时候
正赶上树木被砍伐
她始终不能原谅树被砍伐的伤痛
从此那些树都葬在她记忆墓穴的深处
一封封寄出的信又被风吹进沙海

她每天在伊犁河谷上来回穿梭
对着戈壁诉说自己曾经的经历
荒凉与荒凉之间空谷回音沙哑失声
狂风呼啸着冲着她的头撞去
拽着衣服愤怒地吼叫
请别招惹过去

23. 沉默

沉默才是人类最大的哭泣
无数次生吞活剥的黎明

路牙旁摔下来的叶子
被风踢来踢去
一阵阵疼痛的呼啸

比起喧嚣
我更喜欢无人问津的日子

24. 摁住土地

我摁住土地
灌水，喂肥，用耙子
挠它的痒痒

它报我以
热情的莜麦，绿叶，花朵

豌豆开出的二瓣花
像妈妈两片嘴唇间的唠叨
跟土地说不完的话

哪天闭嘴
就真没工夫跟你闲扯
荷包里的豆子数也数不过来

25. 赞美冬天

一早喜鹊传来了好消息
铺平每条凹凸道路直达心房

树脱光厚重的衣裳
完全是为了
人类离天空更近些
无非是救赎一下
我们的灵魂
用雪清洗身体
提供氧气够我们呼吸

树是善良的
落尽铅华休养生息
为春天储备，孕育
赞美冬天吧

26. 晨曦

晨曦撩起了山林的面纱
阳光一寸一寸地涂抹
落笔处渲染立冬的斑驳

一只蚂蚱在萝卜林中习武
蜈蚣用力耕种
豌豆荚揉了揉惺忪的眼睛
尽情铺展叶片的包菜
过段时间会静下心寄出包裹

河水目送一枚橘叶船
绕松林，经菖蒲林
引领小鱼儿慢慢闲游

27. 暮色

时间静止
似流水般抒写最后的答卷

憔悴的叶子跨过栏杆
以投河的方式自刎
嘈闹的知了早已去向不明

对面走来一个男子
左手揣进右手袖筒里
风时不时拎起他油渍的衣领
像极了皱巴巴的生活

一双无形的手
用尽力气把他的头
摁进暮色

28. 无题

撇开枫叶林，撇开云朵
无心修炼爱情的坟场
高楼之外，仍是高楼

我们站立成树
风弯腰捡起一片叶子又一片叶子
失落的秋叶正如失落的心
卷起，展平，一把捏碎

撑不起沉默不语的天空
树木颤抖得厉害
因为天空在打捞尘埃

人类在大海里捞针
翻遍所有遍体鳞伤的鱼鳞

29. 疼过的花

太阳提亮村头
绿得是那样清白

粉垫扑打桃花
木香身上洋溢着清香

伸出栅栏外的蔷薇花
扎疼路人的手指

那些都是疼过的花

30. 路过的坟场

野花未能拴住亡魂的思想
听，极力挣扎的呼吸声
闻到他们的肉体正在腐坏

石头墓碑上刻着名字
仿佛是一双双眼睛
他们走的弯路跟我们一样

他们曾经同我们一样
活在这世间
懂得的人生道理
堆满箩筐

此刻
摇曳的白绸纱在风中悲伤
那些不甘，撕碎的幸福
贪婪，嫉妒，怨恨，欲望
焦虑纷乱
终究固化成一撮土堆

乌鸦们集体祈祷
死亡并非终点
他们也都留下来世的憧憬

路过的坟场
像风，吹过远处低矮的村庄

31. 油菜花

油菜花
毫不顾忌
放肆撩拨清冷的山川

妖娆
似乎要凭一己之力
迷倒整个春天

32. 降霜

秋天的兰花指蘸上胭脂
忙着给辣椒、苹果、枣子上色
给斑鸠脖子佩戴崭新的珍珠项链

秋天忙得不亦乐乎
从九月的背后摘一串葡萄
放在十月的篮子里，酝酿十二月的酒

掂量手中的谷穗
从金黄硬壳剥离出洁如玉的白
白露为霜，一寸一寸渗透肌肤

隔水望去，像落下厚重的雪
雁叫声声，催醒方山的芦苇
白絮散去

33. 麦子

麦子
开始抽穗
露出尖利的芒刺

碰到谁都用针扎一下
还是太年轻了
不知世道有多么凶险

34. 春风走过的地方

春风走过的地方

最先发疯的是野草
其次是那些无名的野花

麦苗抽出芒剑
分割土地

豆荚在精神妄想中
炸裂

35. 圣洁的花朵

游移的身影
一度呈现朦胧的目光
跟你一起翻山越云
不知是云遮月还是月追云

月光洒下一片痴情
让今晚的云羞涩起来
有云的铺垫，打底

所有的风物同归
所有圣洁的花朵一起盛开

36. 秋韵

杉树林的吊床
摇着摇着叶子就黄了
摇着摇着桂花就香了

拉一下镜头
天空越发靠近
跟那条齿轮虫一起
咀嚼着时间的野果

一点一点地消磨
至止杉林拂动一梦的诗雨

37. 秋雨

秋雨凶猛击打着车窗
似上了膛的子弹
扫射防弹玻璃窗
车疯狂躲避枪林弹雨

突然降雨的扫射
不放过所有的抵达
哪怕它如此孱弱贫寒

难道是上帝一心想着如何埋葬人类
正如那条寻死的鱼

梅雨没来得及哭出忧伤
转移给秋天
让秋雨顶着双重的悲哀

38. 背娃娃

从荒凉之地里把自己刨出
一粒种子打通慵懒的亮光

存蓄，孕育，沉淀
直到玉米背了好几个娃娃
丝瓜喊来一堆的兄弟
围堵萝卜，香菜，黄豆的去路
解围的辣椒划清邻里界限
既然好不容易才聚在一起
何必还要动用清风，明月，花语

一眼望去
分不清哪些是茅草的絮白
哪些是妈妈的白发

39. 独自绽放

高空下
投下灰色的阴影
山凭借一己之力托举暗淡的云

湖面充盈着山影
水交付时间每一次波澜
丝毫不影响
那几朵小黄花引领清晨的晶莹
它们远离众生
卑微地独自绽放，绽放

40. 野花椒

躲着十月的热气
藏匿于杉林

一条青虫
趴在野花椒树上
望着光阴木木发呆
对于外界无动于衷
像我一样蠕动倾身于孤独

野花椒攒了一树的梦
氤氲一株香气扑鼻

41. 轻音

它们嬉戏
游拨彼此
水波缝制阳光
泻下绸缎般的羽毛
池塘里浮动着窃窃私语

温热的风吹来秋的气息
它们絮絮轻音
透过叶子传来静谧的清新

多想纵身一跃融入其中
见你眼帘间灿然华光
和你那柔软的轻音

42. 晚霞

晚霞动用
如此多的笔墨
贴近湖水轻轻一泼
顿时山河酥了
激起胭脂紫的浪花

43. 羽毛

秋风越走越深
云的步伐越来越轻
淡淡的羽毛就要落下

风捋了捋树木
散落一地的头发

羽毛垂坠
恰似玉米的胡须
它们一心向善
在清晨的天空下发出耀眼的光

44. 湖熟古镇

陈旧的屋檐，斑驳的墙
被光扎了洞的花格窗娓娓道来
门前石雕赋予了古老的呓语
缓步宁思的家训敲打着青石
那里有尘封几百年的故事梗概

推开一扇花雕门
要写一首长长的诗
远处是风吹稻田闪烁的村庄
每一粒籽都饱满深情

稻谷低捶着鼓点
垂柳拨动着美妙琴弦
一群鸭子均匀呼吸准备排练
湖熟古镇的鱼儿随音乐蹦极

穿越这古老的街巷
转角处遇见杜桂村南朝的雕石

45. 钝

我总是很钝，总是慢一步
总是在绝望时找到一条狭缝

比如玉米卡壳在那个犹豫的清晨
以至于磨叽一个夏季的时光
捋了半个秋天才捋出一小撮胡须

它们整齐有序
我的阳光总是很迟钝

46. 月光床

竹林吹着口哨
知了叫不醒装睡的蝴蝶
喜欢卑微沉默的蚯蚓
拥有踏实耕种的一天

阔绰的满月来了
今夜的月亮太俏皮
老是探出半个脑袋捉迷藏

枕着十六的月亮入眠
坐山冈，吹秋风
月光铺满整张思念的床

夜未央，半梦半醒时
明月皎皎

47. 吹响金黄摇曳的村庄

只有太阳反复地爱着
油菜才有理由茂盛
风的口琴
吹响金黄摇曳的村庄

只有女人重复说着废话
春天的榆叶李
才不至于忧郁

轰鸣的蜜蜂
终于找到了春天的颜料
将一幅藤黄的画作
安放在田野

48. 重新摁进土里

这次重新把你摁进土里
仿佛从未见过天日
风完整穿过间距

重新梳理一次秋风
重新为你发一次芽

49. 白露

露珠闪闪的早晨
无人问津的林子里
鸭跖草抽出长柄的小蓝花
打探关于四叶草的讯息

晨间去田埂走一趟
不费吹灰之力
露珠完全拜倒在脚下

肥厚芋艿叶更像是水清洗过一样
菖蒲常年笔直矗立于水塘
轻易不肯堕落
为的是还给小鱼一片森林

待到日出后
露珠蒸发
一段情缘一枚钻
缘起而聚，缘尽而散

50. 除草

白云牵着秋风跑
刺激了杂草

摁也摁不住的狂妄
好似系着你的杂念
这些杂念要除掉
最好的方式给它戴上大口罩

被焖煎后的杂草喊不出声
芨芨草，狗尾巴，野苋菜
统统腐烂，腐烂孕育生活

母亲弓下腰用情感
劈砍落地闪烁的光芒

眼前无时无刻不闪动你的身影
一块地不长庄稼就生杂草

51. 种诗行

布谷鸟唤醒晨曦
蚂蚱乘坐轻舟划过小溪
蹲攀一片黄豆叶
用力地穿孔打眼
它是给密不透风的叶子
打开一扇窗

像我一样敲打泥土
捻碎坚硬
投撒一把种子
落入温柔之乡
有小风抹一把小苗的脸
似亲吻婴儿

天空的白云一垄垄
像一行行嫩绿的萝卜苗
滋养着天空的诗行
我用词汇的种子
栽植着对生活的向往

52. 向阳而生

花姑娘[1]经不起诱惑
黏着香菜，跑进跑出，洒香水，穿花衣
春天引诱谁都不为过
积攒一大把肇春的嫁妆

青蛙王子欲罢不能
想象中的私奔
以逃离河水的方式殉情
哪怕以死相逼，哪怕万劫不复

菜花黄艳得犯规
以为自己是油菜
掐了这头，那头又冒出来
不在乎无人问津

命运早已注定
春天里妖娆的花精浩浩荡荡
向阳而生
要么被淹没，要么独自认命

---

[1] 斑衣蜡蝉，属昆虫。又名椿皮蜡蝉、春姑娘、花姑娘。

53. 蝴蝶兰

手握一朵蝴蝶兰
仿佛捉到一对蝴蝶
它欲飞不飞似停非停

她嫣然一笑
收纳多少春天的魂魄
它寄居在温暖时光的缝隙里

摇曳，斑斓，花团锦簇
站在绚烂花海里
还是这样不依不饶地馨香

54. 吞噬

吊车瘫痪在半空中
空调的外机拼命地旋转

我们在无穷热浪前支离破碎
一只流浪狗叼着半个月亮乱窜

树叶被一束光肢解成镂空的幻影
脊背的汗渍是新印的地图
远方的远方正在燃烧

根本冷静不下来
思考一束花的委屈与无奈
白果耷拉着脑袋
好似捺不住缩成一团的人间焦虑

我们用力地攥紧那只老虎
生怕一不小心这个秋天被它吞噬

55. 水荆墅村的春天

从禄口机场到水荆墅村
只需要十五分钟

立在水中的民宿是安顿疲劳的家园
古老的马灯点亮你的心田

你从哪里来，我的朋友
好像一只蝴蝶飞进我的窗口
那是周荷英的非遗剪纸贴窗画

“回家书房”是你的足音
看，梅花仙子都睁开了媚眼

一座座别墅的村落
碧水淙淙绕过屋前
朋友，春天请到水荆墅村来

缓缓展开绚丽多彩

生机勃勃的画卷
迎接你

56. 种春天

妹妹说春天了
你偏要把诗写得破破烂烂
她说春天种植的树和花很多
蓝花楹，乌桕，银杏，北美海棠……

看，穿上小碎花裙的蓝花楹姿态多么妩媚
你抬头注意路边的木棉吗
缀满枝头，好不繁茂
固执的殷红
没有叶子折射，衬托
照样惊艳

它们种在春天的视野
和春天的妹妹一起孕育，发芽

57. 明朗

下一场雨
是二月固执的脾气
每个人拎着湿漉漉的生活
来回摇晃着欲望

表面的阴沉掩盖不了
潜在的明朗

风一早起来到处乱翻
翻出一小撮绿毛
洗了刷，刷了洗

梅花招摇在房舍的墙头
旌旗插遍村里的大街小巷

58. 让雨落下来

玉米每天都在生长
那些被月光深爱过的幼苗
在阳光强烈的唠叨下
而我，伸出手掌
把僵硬的世界轻轻覆盖
让雨落下来
落下来

59. 云团

一朵云摞着另一朵云
如同一块大陆
脑海浮出一幅幻觉
划破云絮一道裂缝

一个人始终正襟危坐
你还能指望他什么
像极了这一动不动的蓝天

但愿云团黑压压卷起
在夜晚倾听着雨细碎地抽噎
让雨滴抚摸梦幻沁人心脾

60. 从云中飞来

眼前荒草正在衰老
相信万物之灵
相信世间皆有神的旨意
好比我们还活着

云手举着一束束花朵
他们在另一个世界看着我们
皱眉，暴晒，拥堵在十字路口

似乎我们早已忘记
他们早已幻化成薄羽
一粒缥缈无迹的沙尘
那遗落在人间的羽毛那么轻
轻得似落叶发出的叹息

落在周遭的判词
是失踪的巢穴
它们来回迁徙
一会儿在枝头，一会儿在窗口

斑鸠在鸣叫
你没认出来
这是她从云间飞来

61. 杂念

天空透亮
容不下一粒尘埃

海一样的天空
挤不出一滴眼泪
只有白云急切
假装成浪花

盘点太阳血红的鳞片
坐在窗台对着树叶发呆

天空主宰一切
只要它愿意
催生花朵，也催生杂念

62. 立秋

时间推搡着节气
午后天空仍在燃烧

太阳每条光线
都像烙铁焊接在肉里
树懒懒地摆动身子
叶梢发枯
毛毛虫焦灼地叹息

太阳抡起了霸王鞭
狠抽几耳光，辣椒面颊顿时红肿
茄子蔫了，丝瓜蜷缩委顿不成样子

立秋闷热即将过去
我如同枝头可疑的蝉

终日里嘶鸣诗歌
繁密的碗水立影

63. 经幡

高原举着五彩的经幡
对着太阳一遍遍诵读经卷
招来牦牛、青稞和油菜花

太阳撒下了网
网住天空游离的云朵
蓝天或一网打尽
或包裹一本本经书

存寄在郎木寺的藏经阁
每一个路过的人都可以找到
属于自己的那一段

64. 夏天

夏天
小苗在阴影处沙沙作响
跟你一样唰唰抒写着隔行诗句

神秘的风吹拂得波浪卷起
似翻卷一页方格纸上的文字

什么时候田野上的庄稼开始结果
结着大半年的心绪
才会沁润在这首诗里

夜晚豆角花在磨牙
玉米枝丫已开始有了孕症反应

65. 纵然一跳

溪流在岩石的皮肤上燃烧
朝清江池里纵身一跳

这一跃跳
跳出一只高悬的蝴蝶

从此山谷睡在蓝色的氤氲里
夏风宿在我的手掌中

喜欢你那股劲
那不是飞蛾扑火
明知道这爱有去无回
你也要跳出
一幅丹青水墨的江山

66. 时间

时间是流动的
像这崎岖的河流

时间是静止的
像那棵纹丝不动的槐树
跟太阳赌了一天的气

从框格望去
环卫工又捡了一只塑料袋
时间在她手上移动

鸟儿逮到一只毛毛虫
时间停止蠕动

怪不得叶子喊不动风
原来风去了未来

67. 地心谷

所谓天宇仙境
没有几刀大自然的鬼斧神工
怎么会有伴山的神画
悬壁的高山，伏流的暗河

所谓“地心归来不看谷”
半悬栈道入云的天梯
一步一景的浑然
那是涧窄深幽洗心的行路难

没有地裂的崩溃
哪来峡谷清流，澈水的蜿蜒

68. 穿行于梭布垭

穿行在四亿年前的石林间
古老的石头记载着
那个蛮荒时代的山海经

石头摞着石头
它用姿态
叠加出奥陶纪灰岩的奇观

在没有人类的时代
它们就是世界的主宰

69. 大峡谷

此刻，脚步慢下来
尽情享受大峡谷吹来的凉意

湿气渗透青苔
绝壁的凌霄花空悬
点燃一炷香的仙气氤氲浮动

从火炉逃窜至此
小黄鱼嗞嗞冒着青烟
反复被炽热煎烧

也不知是谁
把好好的一座山掰成两瓣
在狭缝的小雨面前默念

你送来凉爽的风
是否抚平等待攀山的樵夫

70. 知青树

拧开时间的阀门
大地撕开一道豁口
碧苔，杉树，鸟雀，揣进湿地的口袋
划推一条船，听艄公讲诉池杉湖的由来

记忆就是一座巨大的水库
聚拢我的想象

在那个热血沸腾的时代
知青们挥洒汗水种植的杉树
如今已池杉生水中，百鸟鸣枝头

拍过一万张照片，也摁不住倒影
云朵叠起的棉絮
被船夫纺织成一道翻滚的浪
托住鱼儿，荷花，芦苇
用木筏搜听这一切
池杉林的知青们
你们听到了吗

白鹭飞成纷乱的纸片
我该去哪里拿笔
将池杉林一一誊写

71. 举起又落下

用锄头敲打板结的泥土
像一把锤子击碎了骨头

一株对抗顽疾的杂草
不亚于风冲撞门板
单恋白鹭

一锄一锄举起又落下
像极了有去无回的爱情

72. 提篮

我提起一篮斑驳的清晨
装满西红柿，黄瓜，丝瓜
试图换回你的一个赞许

你是否苏醒
是否像鸟儿一样婉转悠扬

几株黄鹌菜正在开出
淡黄的花朵

73. 初春

天空破涕为笑
激动得热泪盈眶
婆婆纳递上紫色的手帕

海棠的花蕊倔强地
探出脑袋，思考了好长时间
侧身的线条白描般的雅韵

神伤的风
催促一团乱麻的枝杈
黄色的迎春花暗自庆幸

74. 如果

如果事与愿违
如果没有诗和远方
如果无法忏悔

去种地吧，用力去挖
撬起泥土，从泥土抽出光阴
撒点黄豆，芝麻，花生，玉米

用细土掩盖，浇水
倾听鸟儿谈恋爱
亲吻野花，跟菖蒲攀谈
聊一聊人间的心事
怎么会聊着聊着泪流满面

看它生长，保护它不被践踏与侵害
如果果实成熟，送给每一位遇见的人
它将告诉每一个人
“可惜没有如果”

75. 祥云

这云定是从湖水打捞上岸的
洁净，绵软

在蓝天上游来游去
清洗过的云松软舒展
鱼儿从云层钻进钻出

莫非是踮起脚的松树
拦腰抱起了云朵
莫非是不着边际的云
编写着魔幻的诗章

云朵囤积云朵，荷叶依偎荷叶
静卧处水鸟躲进菖蒲林
窃窃私语

76. 敬畏

大雨将至
拨动心弦的前戏逐一登场

大风开路
奉行一贯做派
生扑树木
摇撼花朵和叶子

吼叫撕裂的心扉
山谷呼啸
树背过身去
路灯分明在战栗

大不了跌进尘埃里
野草群体朝拜
哗啦声不绝于耳

77. 一朵花呼唤另一朵花

一朵花呼唤另一朵花
一层云压着另一层云
逼迫人们交出羊群和草原

一朵花呼唤着另一朵花
一颗心摇撼着另一颗心
一阵风催促另一阵风

一片叶子追赶另一片天空
一岁岁折叠起皱的记忆翻滚
那些相逢是一场盛大的对视

翻过一座山还有一座山
湖水静静地蓝了绿，绿了蓝

78. 远行地

她从一座城市到另一座城市
从车厢喧嚣凌乱脚步中抽离思绪
扭头向窗外张望

一闪而过的秃枝
似插入苍穹口袋的那双粗糙的手
来回摩挲

鸟群受到惊扰，成群结队
火车奔驰，仿佛被一根绳子牵引
驶入同样的画框
相同的街道，高楼，门楣
除了山略显低矮分辨不出究竟有何不同

坐在对面的两位老妇人
努力对着相机调整美颜
摇晃的阳光
来回躲闪，迷眼，
陶醉在自我放纵的远行地

79. 芒种

收割跟栽种缠绕
悠悠吹拂的小南风
清洗着田野，竹树繁茂的村庄

一片片黄，一片片绿
割麦插秧，白云让出蔚蓝的天空
给予忙碌的农人慰藉
四野草帽在晃动

解开，抛起，打散
连枷声划拉着击点乐
水塘里的小虾上蹿下跳

一片柔情蜜意
月月红，野蔷薇，石榴花，小蓟
一齐溢碰出怜爱的惹人

80. 云雾托举的村庄

云雾邈远
峡谷，山岚，静谧
这是座没有人碰过的村庄

野路无人问津
一不小心闯进毫无戒备的森林
挤压过的心灵被细雨洗得空旷
蜿蜒，云雾缭绕脚下

临渊矗立
可以看见它被云雾托举的轮廓

81. 望一眼

白云牵手白云
山跟着山来回捉迷藏

树木支撑起梯子
留足了空间，让鸟儿们玩要，栖息

河流作为天空的影子
望一眼，众多仙子下凡来

82. 在荒野

迷恋做个劳动者在旷野里发酵
阳光用力烧烤着肌肤
来回翻炒着时间的痕迹

挖坑，填石块
固定住站立的姿势
深情拍打泥水浸泡过的土壤

姑且把四根柱子伸进地下
不见得会稳
木桩拉上绳子，倾斜才能稳固

此刻，背后闪烁的是什么
农夫的河岸
再强劲的风刮不动你坚固的堡垒

83. 靠近

一叶叶靠拢接近
不管结果
想做一回果实也不容易

芒种之后不要忙，忙也是白忙
看起来大大咧咧的番茄疯长
实则是为胭脂虫争宠

谁说它们无情
掐断另一方的联系
也会听到凋零的叹息

84. 别无所求

杂草
野蛮席卷欲望

手握得很紧
掰开它们
像驱除心中的杂念

远山和炊烟
田野这沉醉的土地
一整天思绪沉浸在黑土里
疗愈又解压

汗水摩擦汗水
土地亲吻土地
别无所求
只想被阳光晒透

85. 荷花池

夏日红花载着绿叶
游荡

荷叶摇身大舞台
蜻蜓立起脚尖飞旋
野鸭展翅欢呼

风的传递
刮来一群金丝鸟围观

满池散落烟火的细蕊
诉说夏日的璀璨

那一枚硕钻
不过是挂在叶心间
情绪的甘露

86. 喜鹊

从木桥上吹来东风
吹醒了冻僵的河水
柔软的波光

以清澈与清澈为背景
而不是以青草和树木
抖擞洗浴每一片羽毛

低头饮水
不是在灌木中寻找
全身心投入报道春天的喜悦

87. 淋湿

雨一直在耳边敲打
冲进泥泞
以为松树会开花
以为蔷薇会绽放
爱将肆意疯长

月亮沉入湖底，我沉溺于你
偷偷浪漫吧，别让世俗知道
你在感受雨，我只能感受淋湿

88. 端午

七月快来了
六月扔过来一朵花
正好砸中汨罗江投河的诗人

撑着一条船，迎风摇曳的荷叶
被刮得东倒西歪

河里捞出一条呜咽的鱼
一首悠长的曲子
击伤了我的心

89. 包裹

大雪包裹着一个秘密
正从遥远的地方寄出

玫瑰当着铁线莲的面
一层层撕开包裹的壳

花蕊让口红有了红的理由
上了妆的芽儿准备待嫁
一个祝福已从暖阳里诞生

不管鸟儿衔来的消息准不准确
很快会收到
不知是谁寄的一大捧鲜花

90. 风是轻的

风是轻的
随手捏一把垂柳的发梢
不要说是谁惹了飘动的柳丝
是绿按捺不住肆意的流淌

风是柔的
拂醒海棠，晚樱，木香
油菜花滟黄深处的村庄

蒲公英撑起小伞
它在排队
等待风穿越时空的隧道

等一段一段闭不透风的日子过去
之前被迫撕开的春天
用轻柔的风填平

91. 开荒

抛弃故乡的土地
继续在异乡寻觅

尝试开荒
只有被凉了许久的土地
才称之为荒地

不长庄稼就生杂草
那些盘根错节的杂草
早已心安理得
在这里疯狂，野蛮茁壮

如何腾空，如何斩草除根
如何拔出根深蒂固的裙带
让水润透那颗坚硬的心
用铁锹剥离出它内心深处的柔软
接着把冬瓜和南瓜摁进土地

草的根筋咬一嘴的泥

耙子齿钉扒拉出肥沃的土壤

纵然汗水拧出泥浆
招惹过荒凉的微风
依然会扇动绿叶尽情地舞蹈

92. 阳光

玫瑰送来淡淡清香

身穿紫衫的茄子隆起肚皮
孕育小生命撑破纽扣显怀

黄瓜抓住救命稻草
攀着屋檐的阶梯向云朵挺进
手持喇叭企图说服蜜蜂少女
来吧，亲爱的我们结一段尘缘
用你亲密的吻传递我的爱

番茄开始露出羞涩的红晕
多亏昨日的雨
洗了一场痛快的澡

辣椒借着风跳起舞
长肥点，还是肚皮舞好看

风吹响牧笛时

橡皮虫已穿越菜叶封锁线

我把花朵还给花朵
让每一株植物靠拢
列队沐浴，雨水，正午的阳光

93. 救下

梦殆尽中的荒漠
幸亏醒来撤了我的雪花
竟然是那样磨碎的梦魇

清晨把撕扯的梦
交还给一棵番茄树
是树隙漏下的圆脑袋
把我从懊丧中救下

94. 一回头就是一辈子

好不容易
在人海中遇见前世的你

无数次酝酿
演绎相逢的场景
惹得森林中的杜鹃花停止了呼吸
鸟儿蹲守枝头悄悄地窥视
纳凉的斑鸠取下脖颈的珍珠
用心地擦拭，生怕摔碎

明明是相邻的叶子
青绿时无法言语
秋风不忍错过这一辈子的风景
萧瑟中布下天罗地网的深情

无数次演绎彼此相逢的场景
忐忑，慌乱，迷离
扑朔地撩起又放下
人生从来都没有什么预演

一回头就是一辈子

我只想今生借你一个时辰
下辈子不一定会遇到喜欢的你

95. 无题

番茄戴上纱巾
是未成年该有的防范
风催促一次，夏日就拉长一次约会

让花朵打败花朵
河水倒灌
原谅我对你产生了欲望
别指望爱能克制

多瞧一眼
叠加的魂魄就失落

96. 新的一天

新的一天开始了
花朵重新吻着花朵

大地重新拥抱小草
向每一棵树
每一束凡间隽韵无名小花问早
叶子卷起来的心思很快被风带走

在颓废中寻找美
小花虫出人意料转过弯
绕进花儿垒起的墙壁
谁能修复这一年霉灰的残疾
时间与空间交换良药

97. 移走时光

湖水宁静
像纠结于心的情感越来越轻
云躲在山后披一层薄纱

小雨珠匍匐在花瓣昨夜的梦境
鸟儿在林间喊着它们孩子的名字
穿行其中
岁月一寸一寸没收分秒
拱手交出的湖水
宁静从容撸过松林，屋檐，青草

山峰依次钻出云海
轻易移走时光

98. 补丁

流年缝补岁月
补丁是摆拍出的漏洞
百孔千疮明明是人设坍塌

惋惜，花瓣紧贴墙皮
万能的上苍，请允许我遵循律则
不要遮挡山的视线，围堵一条河

重生一次
岁月深处里的补丁已缝合

手指冰凉针扎进肉里
拽起线头越补越忧愁

99. 致五月

叶子脉络分明是棵小树
原来茄叶上的河流
从未离开过起伏的平原

只有花朵毫不犹豫抓住风
每片花瓣冲劲十足
阳光没有白白洒下亮片
每一道光都洗透心暖
瞬间化蝶，嗅出果蜜

浓烈的色彩掀翻五月
狂颠到死去活来

辑二

100. 律动

叶子与叶子摩擦
律动出音乐
正如流水般粼粼的波光

花瓣与花瓣互生情愫
那么多摇曳生姿一一呈现
花欲言又止，风知道

音律在屋外缓缓起落
蜜蜂找来颜料填补五月的空白
长久禁锢来回地休整
植物集体起义，花知道
世界诸多运气与它息息相关

101. 迁徙

清晨摇醒番茄的花
一朵传递另一朵
风声鹤唳
草木皆兵越来越逼近

拉杆箱里备着锄头，镰刀
这次要远离尘嚣浮华绝望的城市
重新跟土地言和，我们需要粮食，蔬菜
我们要活下去

光鲜靓丽繁华是梦幻是泡影
城市水泥是一道冰冷的铁丝网
封锁线上那不是你想要的日子
我们世代都是以土地为生
种玉米，种小麦，种蔬菜
种成片的花海

102. 山中

在鸹鸣中晨起
一朵花牵手另一朵花
两枝三枝
嵌入一束松散明快的瓶颈

一天的清晨
绣球睁开蓝色的眼睛
牵牛花在薄雾中吹过松林

野蔷薇挽起衣袖
采访它的蝴蝶飞笔写下四月的草书
雾随风飘散

103. 花的理想

先开启的花朵最是耀眼
跟随其后的花朵尽量克制欲望
让鲜艳照亮鲜艳相信最初的怒放

花有花的理想
辣椒的理想是结成兄弟般的情谊
这颗指望那颗

卵圆形的花蕾镜子里是血红
当镜子破碎意味着风催醒后的浅橙
风越吹越浅，人越活越空

104. 灰烬

卸了妆的树木
听它潦草泣零
褶皱清晰刻着暴虐
骨架单薄经不起风鞭的欺凌

不忍直视你
张着干裂的嘴唇呼吸
不忍逗留的雨悄悄滑落
企图安慰你
一起在冬季孤独相依

素面朝天，甘当柴火
炉膛趁机张扬气焰
噼里啪啦一寸寸叫嚣

105. 木香花开

你踏着细碎的脚步
挽着扑鼻的清香
一枝垂坠无数朵洁白牵着洁白
莫不是闺蜜一起踏青
这是一场盛大的花宴
裙裾飞扬

106. 绿

绿的枝头，绿的风

树木顶着绿得发慌的叶子蔓延再蔓延
长了脚的春天迟疑再迟疑
莫不是人们已经忘记
透亮的叶子已在路边等得发狂

昨晚的蛾眉月
在细弯眉宇间打探时间的碎片

只有老去的叶子
踽卷着脉络凹凸的脸
恰似一张丢弃在路旁皱巴巴的纸

度洁片羽中
生生不息的绿
让我一忍再忍

107. 清明

油菜花黄得似一团火焰
带着咝咝响声升腾缭绕的灵气
在田畴，地埂间，在那片森林中弥漫

衰老的叶子身体孱弱倚靠在树旁
它们即将赴一趟生死场

那些还没来得及告慰的灵魂啊
再多的牵挂，不舍
消失殆尽在未知的世界

悲痛让活着的人再赴一场劫难
你们去哪儿了
怎么没有留下一句短信
一个表情

108. 探寻

清晨鸟儿的鸣叫
森林听得懂
问候，抽噎，暗示，互吐衷肠

斑鸠，喜鹊，画眉，乌鸦……
从来不说自己的情人
生怕一棵树告诉另一棵树
煽动整片森林的喧腾

直到那只斑鸠孵出幼崽
也不见爸爸
森林热衷打探消息
派遣叶子随风四处打听

叶子从此有去无回

109. 一路奔跑而来

像是一路奔跑而来
我总要预演多次的相遇
又好像不远万里赶赴一场分离

在聚拢的浪花面前
要求一场彻底呼喊

也要独自坐在海边
默念

等待一次潮汐
冲洗一次时间的锈迹

看看西沉的太阳
最终东去

110. 春分

雨点切割春天
一半冷色调的阴沉
一半是调整过心思的金黄

春分这天必定会下一场雨
淋一场洁净空旷的忧伤
叶子躺在地下依然痴迷冬的冷峻
海棠花被春天举过头顶

鸟儿压低喉咙，云一低再低
沉默，忍耐，别出声

花朵宁愿寂寞地死去
雨水隔离孤独的春天

111. 等待

请不要悲伤
当整个春天撞墙，点穴，静止
请不要在三月悲伤
五月的花朵正在路上酝酿

发毛的青草扶起摔倒的风
请不要悲伤
五月是俏皮的情郎正吹着口哨
倚在树旁，准备劫持一场盛大的邂逅

细雨洗涤江南
分明是用画笔描绘缤纷的绚烂
所有被搁浅，羁绊

放慢镜头
等待一次尖叫
洗得瓦蓝瓦蓝的五月

112. 可克达拉的太阳

如果你去伊犁河必定要经过
可克达拉
你经过可克达拉必定要经过
那里的太阳

可克达拉的太阳
每束光都能穿透我的皮肤
扎入我的骨头
捧起向日葵的脸
面对面接吻，互诉衷肠

这里的苹果、核桃、杏子、西瓜
还有一望无际的草原
配得上可克达拉的太阳

只是，被太阳喊醒的邮递员
将那首《草原之夜》送达时
姑娘已另嫁他人

113. 天池

雪山何止给荒漠牵引一片海
分明是天空裁剪画卷

灌木，野花，杉林
纷至沓来

雪山将画卷铺展
行走的云缠绕着我
我毫不犹豫把自己贴了进来

114. 酒窝

湖水的酒窝里
荡漾着鱼儿的欢笑

鸟儿滑过森林
云为了留道痕迹划破手指

有时候
你拼尽力气的任性

喷吐这些年的委屈
纵身一跃而起
只是为了忘记

115. 湖面

野鸭子依靠水波纹发送讯息
一只拽着另一只
要向不同的方向驶去
水的柔情阻止了分崩离析

山摇晃的影子一次一次入侵领地
跟掠过的鸟儿对抗
只不过是偶尔的惊吓
翅膀依靠拍打湖水腾空跃起

你有你的湖水
它有它的树木
你终究逃不过湖水牵绊
翱翔的理由在于天空

116. 一场杀戮

新的春天回来了
纵横捭阖的山峦
河水被洗衣娘翻来覆去地敲打

影子冰凉
倒春寒逼迫三月交出桃树的密电码
这平静的湖水
被另外一个世界的火炮惊扰

血管爬满飞虫
交织的河流
鱼在漏网中得以救赎
先交给星星一把月亮的平安扣
扣住桃树的头颅

瞧，春风是一场杀戮
花瓣流离失所

117. 还给我一个新的春天

三月把脱光的衣服
重新再穿上

拆卸风情的锯子冲撞细碎的牙
被春风啃过的嫩绿喘息出雨滴

出卖过山脊的荒草集体出逃
记忆麻痹，内心忏悔，祈祷
斜纹的素描摁住灰色的天空

冻土消耗殆尽凭空叹息
悔恨加重墨色的阴影
那些说过的话如泼过的水浇过头顶
覆水难收
硬是当着光鲜的面拽回一地的鸡毛

撕开沉闷的包装
被迫躲藏
写不出倾国倾城的爱

奈何宇宙百般呵护

还给我一个新的春天吧

118. 绕春天

有时
人们会花一个上午修补心灵的缺憾
像修补陈旧古老房梁上雕刻的文身

你认识每一条河，叫出每一座山的名字
绕行童年记忆的村庄
你清楚地记得
那棵中药树名字叫毛白杨

村口被掏空的树木多像迎面走来的老妪
干瘪的乳房，空洞深陷眼窝噙满泪水
盘算凑够重孙上学的费用，要用几篮子鸡蛋

小桃红伸出了墙外，花骨朵饱满细腻柔滑
它攥紧拳头的样子似婴儿的小手
伸手就能感知春天的日子里
能否够着你坚实的臂膀

跨一步就是外省的村庄

倘若你眼中的山水，心中的微漾
似春天正绕过春寒碾尽浅馨的料峭

119. 远山含黛

我们朝圣
层叠的屏障古老的跨河
驻足徽派古韵，皖中风情

那是圣人抚摸过的石头
多少传奇散落在
古桥，牌楼，墨黛之间
高台的门槛，翻阅绩溪的山川

布满山经的村庄
贴青山，依画廊，傍薄雾
清清泉水绕过门前

风从山谷深处掠过
好一个江南

120. 翻阅诗的春天

麦苗被阳光涂抹一层鲜绿的滋润霜
洒点小亮片让村外的小路呼吸童年
勾兑晨露略施粉黛用力拍打裸妆的枝头
凑近一瞧，嫩芽骨朵一步一步走进春的领地

仅仅是过客，鸡鸣犬吠
枯朽的松枝被掩埋成肥料
小飞虫在池塘波纹上饕餮
休耕过的土地，翻阅着诗的春天

121. 春天

山在湖水中放下身段
水流撩起人们对倒影的遐思
似乎深邃的影子才能浮动出浪漫

松树散开了翠绿的发梢
一只松鼠趴在树上来回地张望
耷拉着的尾巴一点点地清扫
被打扫过的枝头冒出嫩芽

啄木鸟用喙抛出虫卵
叽叽喳喳的小鸟们探讨人类战争
似乎它们在拯救整个春天

122. 春之声

枯槁的叶皈依土地
青灯黄卷佛门远山寂寥
少了些许耳旁的喧嚣
斜倚的树木削尖了枝头巴望救赎

寒流与春风相遇
时间正过滤残存的料峭
风从新芽中嗅出了丝丝窃喜
一朵云，从遥远的天边驶出
紧随其后的布谷鸟唱出春之声

123. 二月

在二月之前
风拆东墙补西墙
勉强借点碎花银度年关

温柔的叶子听了风的话
去了想去的地方

到了真正的二月
枝头竟悄然酝酿了一场禅意的对视

124. 元宵节

陈芝麻
拌匀腌制的日子

从甘蔗挤出来的汁液
蹚过圆滚滚的话语
一粒粒地唠叨

不好太张扬
用糯米碾碎包裹住窃喜
还有一点点甜蜜

125. 豆荚

豆荚眼影
是飞舞的蝴蝶

在你黑白的眼眸之间
在你紫色的翅膀下面

你是我最斑斓的梦幻
春天是带风奔跑的少年

一心想摆脱懊恼
拼命长出坚硬的外壳

死活撑着面子
害怕撕开后的一拍两瓣
每个人活得跟豆荚一样势不可挡

126. 初春

初春的风
洁净，鲜嫩，充盈生机
有人把风筝送往天空
任凭长风把一年的懊恼
抛向海角天涯

寒风又撩起一年忙碌的衣角
栅栏淌着锈迹斑斑的汗水
迎面不知是谁递上一枚手绢
镶过钻的小花有点暖有点香

127. 春雪

当雪花奔向大地
洁白的花一朵一朵飘过

大把的北风
目送着白皙迟缓的花朵
这场迟来的大雪
多像女足姑娘们眼中的泪花

春雪下吧
补救一场大雪胜过大年初一的溃败
一切都在此消彼长

128. 立春

春立下字据
被包裹在年里
迎来初四的灶王菩萨

穿过灶台外皮酥脆的金黄
肉馅鲜嫩的春卷
把清醒的面揉进生活的钵子里

时光依附季节
压扁的记忆里填满诗句
芹菜，香菇，肉丝烙成了春饼

所谓咬春，咬的不是春天
咬的是五味杂陈，甜酸苦辣
立下誓言的春把温暖的门打开
大寒终于肯把节气的接力棒交给春天

129. 盼雪

漂泊的雪
被雾囚禁在彷徨的路上

细数雾霭的日子
一粒一粒倒挂在空中
僵持与华山论剑

准备好的田野早已裸露身体
雪无非是一片片遮羞用的白衬衫
非得像小孩一样，初一才穿戴新衣

迟疑再迟疑，望眼欲穿
下吧，时间已过去一年
那点小心思谁都看得出来
你不来，明显缺少点年味
下吧，烘托气氛全仰仗你的到来

下吧，当细碎砸响岁末的狂欢
白皙裹挟冷静的思索，似晶莹绽放的花朵

130. 浅了深，深了浅

光逃离甲板远离海风
一只白鹭迈着精疲力尽的步伐
附近出没嶙峋的鱼虾，白鹭摇了摇头

眼前明白的生存法则
垂涎油罐恬不知耻的直指苍穹
白鹭叼着脏污发出低沉的嘶吼
失望，厌恶，残酷，折磨

讨论帝国的生死
膨胀的句子浅了深，深了浅
它的强盛来自它的港口

131. 大寒

大寒与岁末重合
母亲正在收网
拉紧手中的线
儿女们沿线奔赴

钵子里的糯米粉滚成团子
寓意一家人在岁月尽头
风寒的深处团聚

年味越来越浓
系在竹竿上的香肠越来越香
再坚硬的冰也锁不住涌动的希望

132. 从荒芜到荒芜

月亮从黑云钻进钻出
树枝抖落全身的肺叶，喘不过气
月亮露出半截身子
另外半截被海底的熔岩烧毁

落在村庄寂静深处
几声狗吠参差错落
猫儿瞪着眼睛，抑制住狂躁
爪子伸进又伸出，挑衅一只老鼠

被造物主轻佻地按进按出的鬼门关
合上又开启，撩起又放下，悬而未决
我们用枪指狼群，狼群撩起爪牙直指羊群
羊群逼疯小草，小草撤离草原，陨石坠落
从荒芜到荒芜，荒芜撤离荒芜

133. 冬雨

天空拧开花洒
从黑松林的头淋到尾

鸟儿一个喷嚏
晃了晃脑袋，转身用喙角舔了舔羽毛
尖爪紧紧缠绕在光秃秃的枝头
梅花开得触目惊心，被它盯得羞涩低下了头

冬雨摩擦着冰冷的地面
尘埃被擦出泪水
车轮打印的行程码，昂起箭头

134. 小寒

风是守信用的
花开之前会有风来报信
花信风从小寒开始吹

光枝上绽满蜡梅
花瓣似蜡，半是迟疑半是木讷
取出怯生生的词，不去探究江南的雪

窗外的风声很大
蜡梅的蕾若小铃，花似金钟
一树树，一朵朵敲开新年的门缝

135. 从前的口袋

推倒一棵树根露出地面
折叠后的叶子纷纷逃离家园

不是所有一股脑儿地涌来
重新铺垫的街口不见往年的笑靥

依稀的枇杷熟了
翻遍所有从前的口袋

不知所措
十年前最后一个莫名的傍晚

136. 轻别离

鸟儿跟我母亲同时失踪
像是蓄谋已久的约定
她们是一伙的
同时到达，又同时别离
一起留下凌乱的窝棚

而离去
不过是一趟了断的旅行
鸟儿丢下的巢穴，俨然是堆废墟
母亲是鸟神自由附体

虽不同类
认定你们都是神

137. 路过人间——冬至的祭奠

不管是从天堂到地狱
还是从地狱到天堂
必经之地是人间

当你经过人间
山川，河流，大海，载过你一路航船
杨柳，沙漠曾见证过你无数次奇迹

野兔曾替你驱赶风雪弥漫寂寥的岁月
沙枣花曾替你驱赶无数只毒蚊子
你用铁匠铺的火钳，烧红过半个戈壁滩

有人用你的名字恐吓过哭闹的孩子
当你老了，变得柔弱，脚轻得像踩在棉花上

你嫌弃养老院的饭菜难以下咽，为了买咸菜
在一个冰雪天重重摔在了地上，再也没有爬起
临终前，你说过沙包窝好暖和

但愿你路过人间留下的遗憾
在天堂得以弥补
冬至为你烧一堆纸钱
一切委托给了老天

138. 云

天空和太阳都在
只有云去了又来

我一直都在
只有你来了又去

云一直忙着搬运
垒着云块，准备砌筑砂浆

在我的笔下，诗是云朵
被我搬来搬去

139. 眷顾

清晨鸟儿欢唱
树木醒来

云朵被松树高高举起
在云朵与云朵之间
有一条蓝色的河流
在缓缓奔涌，激荡

我把松林还给松林
村庄还给村庄
山林交还山林

愿河水清澈明亮
愿你静静独立世间
愿你每一个清晨得到鸟儿真心眷顾

140. 期盼雪花

如果清晨醒来
窗沿挂上冰凌
那不是斑鸠感冒了
是冬天提醒我们出门要抹面霜

手开始粗糙
皴裂的皮肤缺失水分
薄雾切开方山的云朵
让一朵云融化在手掌心补水

山道被身体松开
火山石蹲坐在路牙边
粉色花朵收回了她的笑容
另一朵花正在悄然酝酿

酝酿整个世界最纯粹洁白的花海

141. 童话

风在搬运车窗外的风景
我如同一只火烈鸟
穿行在初冬的一角

太阳舔过的叶子
在大地上燃烧
谁说冬季只能喘粗气

造物主给树木
涂抹一笔色彩斑斓的神话

天真的孩子
摊开双手仰脸嚷嚷着
“你跳呀，跳呀。
接住了，接住了。”

叶子纷纷坠入童话的世界

142. 霓虹

一辆车追逐另一辆车
道路塞满人间的欲望
烟火无处躲藏

世界太挤
谁也不肯渺小地活下去
一心寻死
撞翻那辆无辜的生命
拥堵缭绕的霓虹

车内的人
忧心，麻木，彷徨
误以为驾驶着飞船在银河系

143. 请不要满世界找我

如若再听不到你的消息
我便从你世界消失
删除脑海中浮现的那个画面
删除在你心里的自己

我不再假装找你
闪出你的世界从此隐姓埋名
让你的世界里不再有我的讯息

从你的世界抽离
请不要满世界找我

144. 想你

我想你了
你还没睡吧

此刻月亮托举着天空放不下
那颗缺了又圆圆了又缺的心

这么举着，想你了
场景再现，反复倒带恍惚那一刻
恰好，你也在想我

145. 大雪

大雪的节气
云变换一种方式
不再直接给予流淌的思念

用一朵朵纯洁的白表达爱
把小麦、油菜重新摁进土壤
让所有语言的叶子停止生长

撤换乱了心的斑斓
给大地一床洁白
大地需要睡眠
梦幻孕育着春天

让一切安静
让仓皇逃离现实
大地腾空
瘦过身的树木洁身自好
给所有的梦境插上花朵
仿佛时间停止
仿佛我们从未相见

146. 误以为是春天

我侧身站在湖边
目光收拢湖边的曲线
没有语言

一小勺阳光足够我们挥霍
奢侈地披挂在胸前

梅花被冬日的阳光惹醒了
提前在小雪前一天拿出来晾晒

如果不刻意提醒自己
一定会误以为，这就是春天

147. 意境

日落，城墙，水杉
我一再把你
和梦中的景色重叠在一起
放在我熟悉小舟的湖面

燃烧的倒影与落日撞个满怀
总是痴疑在一种回忆
记不清你的眉眼

黄昏时植物园醉的碎屑
一个劲儿地往紫霞湖上泛滥

148. 冬

所有人都喜欢你的花枝叶茂
唯有我喜欢看你卸了妆的模样

你的骨相美得没有虚假
喜欢吃素人的淡泊

拆洗过的天空云朵慵懒
树的留白清晰，安静
把丰富的想象寄给来年的春天

149.番茄兄弟

雨后的番茄
一串串
固执探出脑袋
分明是一根藤上的兄弟

你向西我向东
缝隙被阳光填满
你的圆脸紧贴我的圆脸
兄弟
我们再亲密一点吧

因为今后的人生
迟早都要分离

150. 低处仰望

这个季节
叶子敌不过风的催促
放低再放低

直到和无名的野花促膝相拥
抚平低洼凹陷的蹩怨

剥离的树木
失踪的鸟儿瘦成了自己

盲目的蜃楼
打扫过的天空放下箬帚
扶起摔倒的女人

低处
仰望来年春天怦然的告白

151. 落叶

风来回摩擦树木的皮肤
退去衰老的角质层

落叶沿途觅寻
来时约定已成了追忆

数不清所有音苑的拍子
皱巴巴的样子像极了你的脸

脉络清晰，时间拧干水分
脆弱，破碎
飞扬起嘴角的木偶纹

老妪站在路边数落叶
这张揉皱的纸
至此一生

152. 淡泊

一朵花牵着另一朵花
小心翼翼

生怕乱了套的气节
啜饮一夜后
报复江南

值得怀念的人和事浅渐薄凉
翻滚枯叶辗转飘零的往昔

辣椒依然火红地燃烧
舔舐虚妄的淡泊

153. 大山村的烟火

雨线缝合
天地之间的缝隙
朦胧撑开一张宣纸
墨如泼出
勾勒一副隐约大山村的画卷

一条长桌宴
老母鸡、红烧鱼、豆腐圆子
盛载多少沸腾的生活
舞龙、跑马灯、“送春”
炸响大山村的鞭炮
夜空璀璨
蒸腾出热气腾腾的年味

154. 一路向西

一路向西
山峦渐渐脱掉绿衣
裸露黄土肌肉

雪山，沙漠
骆驼刺翻越荒凉的戈壁
卷成一团团滚烫的陨石

向西，向西，再向西
伊犁河大桥，草原，牧场
放纵的风吹过绵羊背脊
丝绸之路早已泄露西部的瑰影

杏仁果在阳光下垂悬
维吾尔族大叔坐在地毯上
喝奶茶，嚼油果
目光穿越粉色的墙、蓝色的屋顶
端详游离的云朵
和无人问津的野杏果

155. 立冬

冬立下字据的两点水
玄机藏匿，凝为冰霜

河水也有跑不动的时候
收纳，固定，一种姿势站了很久
打上桩，任凭冰刀划出雪白的翅膀

江南再怎么拦也拦不住
枫叶，柿叶，尤其是乌桕树叶子
泛红，红得耀眼，似点亮的火把

阳光象征性亮一下剑
野草们努力分娩出籽粒
留待下一个春天

156. 总有人翻山越岭为你而来

总有人翻山越岭为你而来
为低垂的云
一树悬挂的霜白

这里的水站立
长出透明的崖

好大的宝石
是天空委托青藏高原
珍藏的极品
它轻易不肯示人

除非你一级一级叩拜
除非你扛住空气的稀薄
以及冰凌站在你额头上滑雪

157. 九寨沟

云把天空写满
氤氲的信撕成碎片
撒在九寨沟的海子里
海子
装着整个天空

透明，洁净，澄澈
湖蓝，宝蓝，碧绿，孔雀绿
天空行走在湖里
树在水中游

踮起脚伸手轻轻安抚云朵
你落下的碎片，眼泪
已铺成一片
碧色玉盘的天鹅海，五彩池

雪山牵着雪山
一路叩拜

在青藏高原母亲脚下
长跪不起

158. 宝石蓝的天空

一夜的清洗
天空擦成蓝色的宝石
宝石蓝被云来回地搬运

水鸟发送一条条波纹的短信
湖里的水草一边点头一边称赞
就像你把落了一地的鸡毛轻轻捡起
洗净剪平小心翼翼装进精美的盒子

你时而望望天空
蓝宝石般的水晶
放射状的纹理压过头顶
谁说不是
不如意被你修理成童话般的仙境

159. 讲经

法师用智慧的清泉
洗涤我们心灵的尘埃

化解纠结，焦虑
修正行为
指点迷津

使人顿悟，解脱

160. 又重阳

又逢重阳登高
湖里的山在小雨中回放
当年挥洒汗水激情燃烧

又是重阳登高
想当年拎起斧头劈开一条血路
崖柏的根抵挡惊悚悬疑剧情

又是重阳登高
深陷，浑黄的旋涡
站立是站立的里程碑

雨跟风扯平当年的是非
汩汩的溪流无言以对
我们记住了
那座高耸云端的神圣

161. 棉絮

天空递上一床棉絮
十月的秋天真的来了

不好意思
秋天被夏耽误太长时间
没想一夜被甩

人们揪住抖音里
满脸褶皱的母子不放
原来美好大都靠演
丑态暴露人心
像节气忽冷忽热
莫名其妙的心态

天空递上一床棉絮
冷了就加衣服
别硬扛假装夏天

162. 围剿秋

这个夏天没怎么火起来
燥热被挡在门外

围剿十月
让金陵火炉重现
让没有来得及唱过瘾的鸟
重新刷一遍存在感

地铁倒带一次轨道
让放空的座位重新高朋满座
让错过的花朵重新绽放

163. 烟花

烟花，是星星的坠落
是宇宙撒向人间烁烁的花朵

是从神秘天体开往地球的列车
是凡间与天堂摩擦出的烈火

无数次点燃的火焰，烙红空寂的苍穹
多想双手捧起，那从天而降的金色瀑布

164. 芦荻花

用同样的表情
谈论一件事
那是风的旨意

每点一次头
就塞给大地一把棉絮
丝绸般的温柔

芦荻花漂流的笔尖
来回涂抹着暮色
满眼都是芦荻花
无论如何
我却不肯白

165. 棉花

你把多少绵软温柔的心
包裹在坚硬的壳里

掏出的只是几把云朵
心是看不见的

看见的是一缕乡愁
时间扯出棉花的线，越拉越长

166. 叶

光递给时间一团棉花
扯出一长串思绪

秋叶上的镂空
是蚂蚁们精心啃蚀的憧憬

衰老的叶子
任凭虫儿摆布，撕咬，钻空

风喊着痛
枯叶沙哑，蹲在路旁呜呜地哽咽

167. 八月十五的月亮

月亮被星子喂饱了
鼓着圆圆的肚皮
明晃晃的身子左右摇摆

月亮今晚被人盯梢
人们尾随其后，跟踪
一会儿爬上墙头
一会儿蹲在树杈上捉迷藏

168. 信

云
寄给蓝天一封信
写满不离不弃的誓言

云是种在天空的花朵
开了又谢，谢了又开

风随意掀起一朵朵浪花
卷起又放下放下又卷起
仿佛朋友离别又重逢
重逢又离别

169. 九月

月亮侧身探出半张脸
藏在暮色里的另一半
羞红了半边天
漫游的云飞舞裙摆

九月开始演奏
树叶一直向下拨动音符
沙沙作响
鸟儿扇动翅膀划出
一道白绫五线谱

捞起又落下的菱角尾随小船
水鸟开始搬运石子
水中的倒影
荷叶收起伞柄
东倒西歪落满灰尘

170. 幻城

这一刻，如此绚烂
天空发来无数张大片

玄武湖的垂柳被风解开了发梢
散发舞动着秋天的夕阳

是天空闯进了人间的幻城
还是人间照进了天空的影子
我愿成为你的影子
陪你散落湖边

171. 致天空

傍晚天边出现另一座城
那是云端在模仿人间
从楼房背后升腾起
滚滚而来的烟火

拖入镜头的夕阳示意
另一座城门被打开
天空已没有时间
来敷衍人间的影子

触目皆是光，徜徉，远眺
别拦我，跨过去，扎进城池

172. 白露

沙沙的声响，小跑而来的落叶
追赶到跟前，双手合十，算是告别
秋凉摁住夜晚，西风一夜一夜扇着扇子

秋天的露珠身子骨发沉，滴在花朵上
凝聚，闪烁，悬空，缭绕，滋润
雾和露是邻居，不分彼此，白露交出羽毛

好多的心事，像太阳偶尔露出半张脸
秋越往深处走，落叶越会飞针走线
色彩斑斓的衣服一件件往大地上披盖

173. 草命

往往用旧的晨曦
雾会蒙住天空的眼睛
看不见云朵，飞鸟躲进迷茫的灰烬里

被忽略的草，拼命地生长
像被忽略的那个傍晚，刨垃圾箱佝偻的腰
压扁，踩上去捆住被人遗弃的纸盒，包装

草长在花朵旁只能是坚挺的陪衬
人们用尽力气拔草，你也是草命
草如果生对了地方，比如科尔沁草原
一切是命运的安排，像你专敛混沉的天
翻阅旧图书，认领失散多年的寻人启事

174. 秋伞

在道路与天空之间隔着伞
那是一排排整齐的树木
它们高举秋天的金黄，斑斓的大花伞
听鸟儿吟唱，衔着夕阳漫步

此刻天边撑起幕布
从伞下拖出长长的影子
踩在头上有无数只脚印
被夜踩下去的影子，点亮流星

175. 蜘蛛

蜘蛛的生活从选择开始
它判断玫瑰与葡萄的支撑力

蜘蛛吐丝结网
网线布局缜密，隐忍，小心翼翼
像个捕鱼的人，撒网，打捞，起早贪黑

蜘蛛慢慢沿着网线爬行
吞吃网住的小虫，上吊的蛹
我们的生活是否从结网开始

176. 雨后

雨后花瓣围坐一圈
兜下一口袋透亮的珍珠

丝瓜悬吊荡起秋千
踮起脚尖的秋风总是够不着

西红柿咧开了嘴
是不是最后一次弥留的微笑

辣椒跟秋英长谈
谁去谁留谁说了都不算

177. 依托

携一盒外卖
跟青春硬碰硬地交手
等落日隐去山林
你还在对着手机喝令还有一单

空置的门面依托月亮照白墙
白墙依托“饿了么”的光填补色差
白鹤交出羽翼，油已剩一半

再做一单，只要跑赢风，我便携星辰而归

178. 偏爱

有一种心情始终拧不干
那是一块滴水的毛巾
在时间忍耐下遗忘

有一种人生总在别人精彩里闲逛
忽略了自己的存在
想起来弯腰再也捡不起来

有一种道理跟谁也讲不清楚
懂再多的道理依然惘然
谁也比不上有一种幸福
它的名字叫偏爱

179. 使命

从一粒种子落地
发芽开始牙牙学语
风到过的地方是蜜蜂留给花的唇印

藤越拉越长的战线
恰似离开故乡的你
时光正悄悄碾碎你的心
只有远处一朵小花默默绽放结出果实

远方的孩子，忘却的记忆
离开故乡艰辛跋涉的人生
南瓜从一粒种子到另一粒种子

180. 美仁大草原

美仁大草原好比是大夏河
一件华丽的袍子
那一个个疙瘩
就是华服上的纹理

紫花苜蓿，红豆草
是缝制的纽扣
牦牛、白云、五彩经幡
是印上去的图腾
我们在其中，扮演
自然角色

181. 洗礼

雨天妈妈偏要晾衣
看不懂她的逆操作

妈妈说雨是上天派来的使者
它要鞭打人间的罪恶
关爱花朵，给树木送去常年的慰藉
甚至风，甚至朝露，甚至雷霆的闪烁

妈妈说让我们敬畏天地吧
狠狠抽打替我赎罪的衣裳
穿上赎过罪的衣裳是一场彻底的洗礼

182. 天问

乌云翻滚旧账
一笔一笔记录
燕子低飞，书写象形文字

是古老山海经里的传说
是玛雅预言，是火星男孩的魔咒

黑云抽出毒冠的剑，直指人间
翻出账本，数落欠债鬼的数目

要说人间遍体鳞伤
我们祭天祭鬼祭神祭自己

183. 雕塑

抬头仰望
一匹白马在云端嘶鸣

鸟侧身飞过
马在那端扔下缰绳

我化作山上的树
以为你嘚嘚的马蹄会路过每一朵花

直到一棵树固执成了一座雕塑
一座思念的雕塑

你策马扬鞭离我而去
树在山下等你一场又一场

184. 钓鱼

垂钓者坐在湖上钓鱼
经不起美食诱惑吞下利钩的小鱼
被投进钓鱼者篓子的大牢

大鱼找到荷叶这把保护伞
悠闲躲避时局诱惑下的劫难
它们知道荷叶头顶珍珠有尚方宝剑

185. 星际移民

推开机窗
从天空剪一张图片
机翼上一个人托举着月亮
探索如何延续星际移民的幻想

比邻星上究竟有没有外星人
火星上天问一号传来了消息
你的荒凉，足可以原谅
那些貌似的金字塔，是否是外星人建造

天空种下星星
星星上种下遥远的寄托

186. 伤

一只还没成熟的番茄被啄伤
疼痛直刺心底
伤就是伤，何必要找冠冕的借口

一只蜜蜂从这朵花奔波到另一朵花
像极了那位出力不讨好的热心肠

丝瓜藤战线一味拉长目的毋庸置疑
一切为了果实做准备，细密，隐蔽

在不知不觉中任其悄然落地

187. 听雨

雨落下
落在山上
落在屋檐的瓦片上

雨落下
落在树上
叶子振动相互碰撞
居然被迫发出同步的频率

耦合锁定珠帘
如果放大至宇宙苍穹
数亿万个遭遇同频

比如雨前世的雪花
结晶的花朵让人着迷
冥冥之中万物会同潮汐
有一股清新弹奏大地的神秘

188. 万物生

雨斜挎潮包撩起小碎步
在南瓜花园里来回溜达

那些光溜溜的番茄太滑
跌一跤瞥见辣椒凹凸的腰身

天竺葵，玫瑰花，攀比馨香
真舍不得搽去脸上的那道吻痕

茄子花透露
紫罗兰花边裙的秘密

189. 打扫

风把七月的天空打扫干净
腾出蔚蓝，装一趟苍云送往何处

紧贴云层的地铁探出头来
穿过龙眠大道直达无想山

云聚拢在一起坦露心迹
要走一起走，抛下谁都不舍

此刻我抬头去观望
翻滚的叶子指挥一场交响乐

190. 野蛮生长

野芦苇切割一半的湖面
屋檐被鸟儿的鸣叫包围

狗尾巴草跟风聊了几句
摇摇尾巴望着天空发呆

酢浆草寂寞伸出紫色的手指
一门心思只想钩住柳树的枝条
柳枝递过去只不过一点小意思

无奈好多时候我们自以为会被临幸

191. 食

叶子长出了老人斑
斑驳瑕疵写在脸上

天边的城在搬云城的家
一路变幻各异
有城堡，烈马，士兵，远处炮声隆隆

鸟啄伤西红柿，血流不止
祖露果实邀请你们一起就餐
人们骄傲饕餮自居
有籽没籽统统下肚

跟丝瓜谈了一宿
蜜蜂录下滚烫的视频
那些藤蔓缠绕在我的身上
总有一些花落撕扯更多的花

192. 棉花拽了下来

风抡起一把大扫帚
把天空打扫得干干净净

扫除落叶
天空的云开始搬运道具

一条蓝色的银河腾出了座位
宽银幕上演精彩的大片

稍微踮起脚伸手一摸
瞬间棉花拽了下来

193. 序章

为何那颗泛着红光
难道是被鸟啄伤后的觉醒

试问谁的青春没有被辜负
谁的记忆里没有遗憾

斑驳岁月啄伤我们的记忆
有谁不曾被抛弃
在时间长河中束手就擒

青蛋子们躲过一次浩劫
表面光洁，不，它们错过一次洗礼

那颗受伤的心灵度过最初的煎熬
那道吻痕已经抒写夺目的序章

194. 寄语宝宝

宝宝
你是爸爸妈妈在春天里播下的一粒
——种子
现在还是一株小芽儿
你要接受阳光的抚爱
也要承受风暴和雷雨的敲打
即使这世间尘土飞扬
即使风儿不慎折断了你的翅膀

你也不要
——轻易把爱埋葬
更不要
——把希望融进“庸俗的海洋”
爸爸妈妈给你一份爱的土壤
你要在有阳光和黑夜的日子里
——发育
你要在艰辛困苦和成功的境界中
——成熟
直到长成参天大树

195. 人生是一条船

人生好似一条船
不知前方是暗礁还是大海

也许，前方有秘境的岩洞
也许，你追踪的就是险滩
或许，那是人生必经的风景
或许，那是人生寻觅的港湾

有的人
太阳每一次的升起
就增加一次负担
只想在黑暗中行船

人生这条船如此声势浩大
终究会黯然地离岸

196. 香蒲

漫步荒滩，灌木丛林
一只乌鸦正站在秃枝上
卖力地用喙敲打着枯燥的鼓点

枯叶窸窣
双手搓磨着拧巴的日子
乌鸦的歌词
也被刮走的树叶吞没

不远处
蛰伏在池塘的香蒲
高举着蜡烛
点亮我阴郁的时光

197. 钉子

我不知道没有二维码的母亲
是怎样独自回到新疆

故乡用一粒钉子把她牢牢地钉在
荒漠，戈壁滩，盐碱地
从未离开，固执占据了她的疆域

蛇企图阻止她的去路
她手持木棍，尖利地呼喊
震慑住死亡，一捆又一捆树苗
扎成马尾，抚摸她，抚慰她，支撑她

红色的月亮从天边爬上来
伊犁河上的马兰花在薄雾中蔓延
成片成片的薰衣草跪拜在霍尔果斯
她说你不懂
这是唯一活下去的理由

她与现实撕扯，穿越遥远的时空
没有人能拔出那颗固执的钉子

辑三

198. 北方

北方
投射滤镜般的阳光
清晰地划分
天与地的间隔
终于明朗起来

南方
天空总是跟大地
粘连在一起
不是细雨砸伤了缘分
就是氤氲偷袭了纯净

从狭窄的青石板角落
流浪到绝尘的阡陌

继续北上
踉跄的黄土
不管不顾地裸露
仿佛久违的北方
一吐为快

199. 失眠

黑夜埋葬了尘世的喧嚣
躺在沙发上的抱枕无辜注视着
闭上眼，在暗处呼叫他的名字

白天光鲜
黑夜剥下一层皮
剩下抽干的枯井
瞪着眼睛，人情债
在脑海里纠缠

夜晚谁会想起我
时间的橡皮擦早已擦干净
失眠是黑夜中揣摩的心事

摁住床蒙起被子寻梦

200. 雨来了

窗外传来声响
雨来了，敲打着树叶
敲击着窗户
开始弹奏一支协奏曲

席卷而来的梦境中
穿白衬衣的人沉默不语
前一脚后一脚追赶着模糊的身影

那一刻，花朵回到了草原
苦楝树拍打紫色的翅膀
一阵一阵悄无声息

201. 小青果

裹着小黄花出生的西红柿
用一根竹棍支撑飘摇的人生
风相向而行，剑指叶子的心

吹拂的绿叶堆成一叠叠纸张
一滴眼泪写给去年春天的记忆
阳光落在纸上，继续小青果

202. 一封潮湿的信

阳光清晨
露珠擦干净番茄的脸
番茄花静等蜜蜂的亲吻

紫薯呼吸一下
撑起一把油纸伞

黄瓜急迫甩出弯钩
试图沿着屋檐倒挂身体
幻想成熟后荡秋千的乐趣

仙人指取出一支笔
给万年草写了一封潮湿的信——
你本名叫薄雪，虽卑微却顽强
匍匐勇往直前，照样开出美丽的花

203. 雨中曲

从昨天中午开始
雨不停地敲击瓦片
似击鼓的乐手

玫瑰忍不住了，张开嘴巴
踏着雨点的节奏，陶醉吟唱
粉白的裙摆，围绕绯红的花瓣
转了一圈又一圈，交响乐由低到高

我深信，这是细雨反复拍打的结果

204. 密语

双唇紧闭的玫瑰
不敢轻易泄露半点秘密

经过风，如此软，丝绸滑过指尖
腮红羞涩，拽了拽卷边的衣角
花语让风猜了又猜

有点迫不及待
想把蜷缩的肢体一一掰开

205. 色彩

群山点缀几朵白云
天空就亮了，高光时刻
远山淡墨色的背景牵出遐思

寻找一片草原
草绿固执地调侃柠檬黄
充其量你只是我的陪衬

傍晚的紫罗兰
是镀了金边的晚霞

206. 骨头

如果这些树
完全是地下伸出的骨头
笔直的双臂托举起阳光

阳光敲醒叶子的翅膀
这世界逆子的风似叛徒一样
交出分裂的情报，潦草的流言

去了天堂又转世的硬骨头
警示风，你可以刮倒路牌，电线杆子
绝不可轻易推动一棵树

因为树跟人一样
越是向往光明，根须扎得越深

207. 时间

躺在花中的时间
抚摸着月亮的脸

亲手涂抹耳轮线
纸来回擦拭着笔

一遍又一遍
似乎听见了

多久没有消息
不小心被时间绊住了脚

时间从不发出声响
你却异常痛苦

208. 无名指

只有在下雨的时候
村庄里的人们才会停止劳动

这时候，每一间屋子里
都有一个沉默的父亲和母亲
一个突然变得懂事的孩子

雨像拳头那样打在树叶上
一下接着一下

这种情形什么时候会结束
没有人知道

即使谷物烂在田地里
即使牛生了病
也要等雨停下来

一位年轻的女人没有及时收被子
被丈夫打，喝了农药

河水暴涨，邮递员摔断了腿
一个男孩没有收到信件
剁了自己的无名指……

但雨不管这些，它下够了之后
又去了新的地方

那里，另一群人正过着平静的生活
对于即将到来的雨水
他们一无所知

209. 小路

沿着小路放空
探寻方山僻静的秘境

枕在斜坡上的牛翻阅着食谱
究竟品尝三叶草还是车前子
春天要尝尝鲜，点单随时任性

手机放大一朵蒲公英
叶子被阳光擦得均匀透亮

新绿把整座山岭的影子拉长

210. 暮归的羊群

羊群游荡了一天
跟我们一样
吃饱喝足
下山

装满一脑壳的
桃园，山坡，溪水
踏歌而归

211. 云梯

村子垒成了方块
排着队向着天空倾斜
够不够得着云是另外一回事

草依恋旧情任性地疯长
按原来庄稼地的模样滋生，蔓延
芹叶铁线莲照死不长花瓣
开成钟形花朵，一遍又一遍

村子背着的梯子
一节一节攀登够天空的云朵
碎了一地的瓦片带着深深划痕
打着盹任由自己被埋葬

212. 笑出声的花

春天，花朵笑出了声
树匆忙让出一条通道

一袭裙裾缥缈地穿过
嫩绿不断抽出明亮，生长
鼓舞士气，一切锐不可当

雨想用稠密的线牵绊住步伐
不曾想，桃花瓣一片哗然

213. 墓园

原来你待在这里，长久与土地做伴
麦苗每拽一次丝绸被，鸟儿就扇动一次翅膀
每扇动一次翅膀，墓前的树叶就点一次头
每点一次头，母亲就烧一页我的诗给你过目

母亲长跪不起，头磕在地上
咚咚地响，想把你叫醒，来看你了
跑几百公里，只为给你捎去一本诗集

翻来覆去攒动的火苗
是你正在遣词造句
拂面而过的软风
是你生前喜欢的那首有了后续

风狂躁，像极了你的脾气
熊熊燃烧的回忆
一片片圈成灰烬
太多的话
烟雾绕来绕去长久不肯离去

214. 长乐桥

风收回嘲讽的冷雨
忍不住用软语打动春心

一寸一寸丈量千年的古桥
翠柳终于拣回长乐桥的秘密

金黄许诺油菜成片的年华
梨花挂在山村画布的枝丫上

紧锁的老屋无人问津
蜜蜂嗡嗡吵闹，野花渐渐收拢心思

此刻访一次江南
似撞无数次的桃花运
撞无数次的桃花
才算过足春天的瘾

215. 大雁北飞

大雁就要起身飞走了
明天，天一亮，动身
沿途行经森林，山岭，与高铁赛跑
我们不能天各一方，北方发来了温暖的讯息

排着人字形的队伍在天空散开
各种各样的花朵抬起头
翅膀拍打节拍
一路放歌

大雁北飞
亲手解开北方冻僵的河流
撕破那片铅色灰暗坚硬的苍穹

216. 翻阅

当大地还在沉睡
迎春柳走漏了风声

风翻阅每一棵树，每一朵花
寻找所有走散在春天的名字

白玉兰的喇叭
大声告诉虞美人她们的名字

迎春，杜鹃，牡丹，山茶
都已睡醒，换上新的衣裳

217. 拥抱

已到了年末收尾
懒散的叶子屈倦于大地之乡
本不想祖露的屋顶多想归隐于
白雪绵软被子下舒坦地睡一觉

有些梦必须被包裹，收纳，隐藏
那些无人问津的心思风干记忆的谷子
还有挂在树杈上半垂的果子想掉头就走
停下来聆听一下阳光不小心捏碎冰块的微颤

加盖一层厚厚的雪白
用一片雪白拥抱另一片雪白

218. 让风孤独地吹

风在黑夜咆哮
扮演蝴蝶的叶子
胡思乱想

荒诞遣返荒诞
欲盖弥彰又堵住了呼吸
玛雅的预言骨头在粉碎，衰竭，锥刺

人们是否逃离
收留我们唯一的是火星
一切是崭新的开始

追风者询问
到底谁在为难谁
没有痛感的树枝划了一道口子

从道口弥漫
撕扯晃动的风
扣押欲望没收脚步让风孤独地吹

219. 麦子收割

麦子收割了

似剃过的寸头
麻雀啄食丢弃的麦粒
硬头发戳入白鹭的脚趾
它们用一只脚支撑

瘦过身的麦田
那些丰收的喜悦
已经干瘪

后来
麦垛架起了火
烤熟了大半个天

220. 从心叶抽出

雨横扫玉米宽大的胸膛
似乎注入了灵魂

用力捋了捋红须
捏了捏
玉米正咬紧牙关

当雨过后
太阳缝上一道金边
雄穗全部展开
像一把遮阳伞

玉米须的花柱
从心叶抽出
拔掉，卸载

221. 风情万种

盛开的南瓜花举过头顶
伸出舌头舔着甘露
是一杯举过头顶的美酒

既然丝瓜花读不懂苦瓜花的润泽
甘味和良苦用心
不混为一谈
便各自安好吧

西瓜是蛰伏于藤蔓上的甜心
溪水冰镇过的西瓜
是最佳的品尝方式

你要在六月田间仔细探觅
翻阅，低头，仰望
到处都是风情万种

222. 妹妹

喜鹊叫个不停
原来是妹妹空降

小时候
一起看电影
看到悲伤处
我会哭得稀里哗啦
你小嘴一撇
倔强地说
那都是假的，哭什么哭？

长大后
你心却越来越软
看不得猫狗流浪
不忍母亲哪怕有一点病痛
巴不得
让父母把世界的美景都装进脑壳

从富士山到日落大道

从三亚到拉萨
拖着父母全世界翻阅
像翻一本本日历

我美丽的妹妹呀
小时候
你吵架的狠劲儿到哪儿去了
为何越变越柔软
难道你是用岁月在炖牛尾汤
怪不得软爽，酥脆，香气扑鼻

来吧
我会有口福
你会整天待在厨房
弄一桌美食大餐

来吧
亲爱的妹妹
你会天天教我跳舞

喜鹊
又叫了

223. 想你的风吹到了新疆

沿着一片薰衣草的走向
记忆似繁体字
有着汉字的原汁原味

一排林带，一条沙漠
蜿蜒在我的思绪里
如同排列整齐的词句
世界第三大薰衣草基地
拿得出手的故乡
不再只是荒漠、冰川、骆驼刺
更像一首好诗

再次抚摸故乡
就像抚摸一段迷人的童话
纷飞的蜜蜂
咩咩叫的绵羊群
满山牛马遍野
这生灵像一组生动的词
在村庄这本硕大书页中穿梭

224. 相遇

我们是云
不知道什么时候变成雨
雨不知道落在哪片土地
就像我们不知道什么时候
相遇一样

225. 阿拉木图

脚下的阿拉木图
你是我们的邻邦
马路旁破碎的玻璃窗
街上玫瑰在燃烧

褪色的屋顶
雪山倒影倾倒慵懒的河床
清泉，雄鹰、骏马与骆驼

鸽子在飞
升天大教堂的钟声在祈祷

226. 扎尕那

我愿是你一股溪流
日夜在你的山谷流淌
我愿是你山腰一株曼陀罗
每日寂寞地打开又合上

扎尕那是菩萨一时心软
遗漏在人间的天堂

我相信云雾缭绕的山间
一定有神仙居住
我相信天空盘旋的飞鸟
是上天派来的信使

传递仙界与人间的经幡
在身边飘动

227. 东方的微笑

一朵云携手另一朵云
如同一块大陆
湛蓝湛蓝

一个人始终正襟危坐
保持一种慈母的姿态
像一动不动的蓝天

228. 云端

在风喊得最凶的时候
我们出发
似风一路狂吼

拎着时间的刀
割裂光阴
大开大合
一截长一截短
像极了云端

229. 田野是座庙宇

打开庙宇的栅栏
菖蒲盘腿修禅
摸清败荷唱经的时辰
定时守候在这里

田野是座庙宇
我双手合十，用木鱼敲击大地
抬起又落下的瞬间
坚硬的泥土在我默念中粉碎

在细碎中呵护，轻轻地安放
诵经顽劣的小和尚
迷眼，头随风摇摆

荒草缠身太多
我一一解开，连根拔起
天地冰封时

静心地稀释溪水

鸟儿的振翅声

那是天神殿齐鸣的唱诵